벗꽃 문신

이 도서의 국립중앙도서관 출판시도서목록(CIP)은
e-CIP홈페이지(http://www.nl.go.kr/ecip)와
국가자료공동목록시스템(http://www.nl.go.kr/
kolisnet)에서 이용하실 수 있습니다.
(CIP제어번호:CIP2012004308)

실천시선

202

벚꽃 문신

박경희

실천문학사

차례

제1부

제2부

제3부

제4부

제
1
부

말복

　계 모임에서 옻닭 먹고 온 엄니 밭머리에서 게트림 길게 하고 연거푸 이를 세 번 닦았다는데, 옻 안 타는 엄니 옻 잘 타는 아부지 앞에서는 숨도 제대로 쉴 수 없었다고, 멀찌감치 떨어져 다니던 엄니가 뒷간 들어갔다 나온 뒤, 아부지 들어가고 똥김도 빠지지 않았는데 그 위에 쭈그려 앉았다고, 밤새 간지러움에 뒤척이다가, 자 어매 여 좀 봐봐 엉덩이 까 보여주자 거시기며 엉덩이가 벌겋게 오돌오돌 옻이 올랐다고, 니미 어떤 인간이 옻닭 처먹었느냐고 똥을 싸도 날 지나 싸지 왜 내 앞에 싸고 지랄이냐고, 옻 똥김 지대로 맞았다고 사흘 밤낮 벅벅 긁다가 세 들어 사는 집 구석구석 살폈다는데 수시로 빤쓰 속에 손 드나드는 통에 동네 아낙 여럿 낯 붉어졌다는데 한동안 대숲 뒷길로만 다녔다는데, 말도 못 하고 쥐 죽은 듯 몸 사리며 가끔 아부지 빤쓰에 손 집어넣고 원하는 곳 시원하게 긁어줬다는 엄니

권주가

　노인정에서 소주 두 병에 버선 벗어젖힌 구십 다 된 할
매 두 분이
　이년 저년 사발년 찾다가 아배 찾으러 온 나를 붙잡아
놓고
　소주 한잔 따라주며 노래 한가락 뽑아보란다
　술 못한다고 마시면 온몸에 불이 난다고 재차 밀치자
　글 쓰면 술도 마실 줄 알아야지,
　어데서 똥구멍 긁는 소리 벅벅 하고 있느냐는 말씀에
　넙죽 석 잔을 들이켜고 부른 노래가 봄날은 간다인데,
간다 간다 하더니
　기어코 취해서 아배 찾으러 왔다가 아배가 나를 찾아
업고 가다
　돌부리에 걸려 밭에 고꾸라진, 노래

꿈땜

　집 나오는 뒷덜미에 대고 꿈이 요상하니 오늘은 암것도 하지 말라고, 먹줄 퉁기듯 가슴팍에 퍽퍽, 줄 그었던 마누라, 쓰잘데기 읎는 소리 말라고 윽박지르고 쇠스랑 둘러 메고 경중경중 오른 산비탈 밭, 겨우내 감자 둔덕 위에 얹어놓았던 지푸라기를 한데 모았다 바람도 잔잔하고 볕 좋아 불을 놨는데 어쩌어찌 분 바람에 탑새기 날아가 여기 붙고, 저기 붙고 소리쳐도 듣는 이 없고, 흙 뿌리고 소나무 가지 꺾어 내리치고 비비고, 산으로 옮겨 갈까 봐 쇠스랑 들어 날아다니는 지푸라기 불을 잡아보는데, 꼽새 짐으로 한 짐이었던 불길 꺼지고 검불로 뒹굴어 다녔던 길 되짚어본다 까딱했으면 쇠고랑 찰 뻔했다고 묵은 솔이 관솔*이라고 아무래도 오래 산 마누라 말 잘 들어야겠다고 오줌 지린 바지 질질 끌면서 돌아오던 뚝방 길

---

　* '오래된 것이 좋다'는 뜻을 가진 경구. 예전에는 관솔에 불을 붙여 등불 대신 이용했다.

꿈

　간밤 꿈이 하도 뒤숭숭하여 길가 돌멩이 채이듯 가로거치는
　새끼들한테 전화 돌리고 찬물에 밥 말아 싱건지 올려
　바들거리며 뜬 밥 한술
　괜스레 장독대에 엎어놓은 시루도 뒤집어보고
　아귀 맞지 않은 부엌문 툭툭, 차본다
　삐걱대며 엉덩이부터 내려앉은 집
　전기장판에 사랑채 홀라당 태워먹고
　목숨 건져 땅바닥에 주저앉아 오줌 지린 날, 그날
　꿈이 거지 같았다고 서 있는 자리도 되돌아본다
　해 꺼져가는 다 저녁때 뚝방에 묶어논
　어미 소와 새끼 소 데리고 돌아오다가
　먼저 달린 새끼 소 트럭에 치여 죽은 날

고양이

주공 임대 아파트 101동 옆
자전거 보관소 철조망 떼어내고
양지바른 곳에 의자 여러 개 두었다
할배 할매 경로당이 따로 있나
앉은 자리가 묏자리
막걸리 놓고 한두 잔 오간 육지거리에
윷판 벌어지고, 그 또한 속도전이라
잡아라 엎어라 뒤집어라, 씨부랄
니 불알 내 불알 큰 불알은 누구 거냐
불콰한 햇살 뒤집어지는데
뒤에 앉아 있던 할매들
봄볕처럼 따사롭게 야옹거린다

생일

내가 니 애비헌테 이런 소리 허는 거 야박허다 헐지 모르겠지만, 니 애비는 얼른 죽어야 혀, 도대체 이게 몇 년이여, 애 잡아먹고 것도 모자라서 하나 있는 아들 앞길 막는디 누가 좋다 허겄냐, 아니 막말로 술 처먹어서 앉은뱅이 된 지가 도대체 언제여, 내가 저러는 거 꼴 보기 싫어서 술 입에도 안 대는 사람이여, 그리고 너도 알다시피 니에미 그렇게 도망가게 헌 인간 아녀, 나도 내 동생헌테 이렇게 막말허는 거 싫어, 너만 니 애비허고 피 나눈 거 아녀, 나도 니 피허고 같어, 그래서 달리 큰아비간, 나 너 고생허는 꼴 못 보겄어, 막내는 그렇게 갔다 쳐, 둘째 그년은 썩을 년이지 지 오라비 힘든 거 하나 생각이나 혀, 지 몸뚱이에다 처바르는 일에만 신경 쓰고 밖에서 사고나 치고 다니지, 색시 옆에다 두고 저 병신 애비 어쩌지도 못 허고, 장가간다는 소리도 못 허고, 그렇다고 요양원으로 가자고 허면 차라리 죽겠다고 허니, 아니 진짜로 처죽기나 허지, 그러면 거적때기로 둘둘 말아 땅에다 묻기나 혀, 이건 당뇨에 혈압이 오르락내리락허는 나보다도 건강혀,

허 참, 새끼 목매달아 죽게 혔으믄 정신 차리고 살 일이
지, 허구헌 날 술 지랄에 토방에 자빠져서 피투성이냐고,
내가 안 보고 사는 게 낫지, 이 속을 다 뒤집어 까도 니 속
만 허겠느냐만, 나도 빙신 동생 옆에 두고 안 가볼 수도
없고, 가면 환장허고, 내 생일상 앞에다 두고 헐 소리 안
헐 소리 다 혔다만, 내 속도 속이 아녀, 까봐, 니 속도 속이
아니라는 거 내 대충은 알어…….

진창구네

진창구네가 누군가 하면, 그 집에 벙글벙글거리는 대추나무가 있는지, 서글서글한 향나무가 있는지, 지붕은 지푸라기로 얹었는지, 이엉은 제대로 엮었는지, 툇마루며 기둥은 대팻날에 옹이는 잘 다져졌는지, 대문은 사립문인지 솟을대문인지, 변소간은 얼마나 깊은지, 빠지면 꺼낼 수 있는지, 福 자가 쓰인 밥그릇은 몇 개나 되는지, 여물 쑬 가마솥에 밑구멍은 안 났는지, 애기지게는 있는지, 두레박이 이끼로 눈 가리고 뛰어들 목 짧은 우물은 뒤껼에 있는지, 바람 부는 날 앞으로 고꾸라졌다 뒤로 자빠지는 대숲은 있는지, 지붕 속 터줏대감은 백 년 묵은 구렁이인지, 지붕 위 박꽃은 달밤에 환하게 피는지, 진창구네 서방은 박 씨인지 김 씨인지 알 수 없지만,

딱, 하나 알 수 있는 것은 진창구네가 입은 속곳인데, 그 넓이와 깊이가 오대양 육대주 정도는 될 것이고, 모든 고뿔이 그리로 들어가 다시는 안 나온다는데, 얼마나 거시기가 좋으면 안 나올까, 뽀얀 진창구네 풀섶에서 이리 살랑 저리 살랑……

댓바람에 콧물 흘리며 재채기하는 순간, 어머니 하시는
말씀

물아래 진창구네 속곳 속으로 쏙 들어가라!

응?

건달 농부

아버지 말씀을 잠시 빌리자면

없는 밭 한 귀퉁이 잘라서
잘 매보라고 했더니
밭 가생이만 살살 긁다가
화장실 간다고 들어가면 깜깜무소식
삼십 분 일하고 두 시간 쉬고
전화 오면 삼십 분 수다
씨 뿌릴 때 손가락 세 마디 깊이여야 움이 잘 튼다고 해도
한 줄 긋고 줄뿌림하고
것도 모자라 공중에 쫙!
움트기 시작하면 잡초도 등 기대 자란다고 해도
잡초인지 움인지, 어찌 알고 움만 잘도 뽑아내는지
봄볕인지
여름 볕인지
용케도 비 내리기 전날 물 주다가
일기예보도 안 보느냐고

물먹은 채소가 그리 좋으냐고 물으면
주둥이는 신작로 버스 댕기는 곳까지
길게 나와 있어 무슨 말을 해도
쇠 귓구멍에 경 읽기
이래도 흥! 저래도 흥!
그게 누구냐고 물으니,

너여! 너!

화투판에 그리다

시아버지와 며느리가 화투를 친다

광을 팔아야 하는지 내버리고 나가야 하는지

서로 눈빛만 주고받는다

삼광이 번쩍이는 형광등이 발발거리고

아부지 언능 죽으세요 며느리 말에 발끈한 아부지

시아버지한테 언능 저승 문턱 밟으라니 허, 참나

내가 헛살았구먼 얼굴 벌게진 며느리가 말도 못 하고

화투장만 뚫어져라 쳐다보다가 판을 엎어야 할지 말아

야 할지

가만가만 눈치만 오간다 옆에서 손녀가 할아버지 죽

어? 죽어? 한다

넘어진 김에 코 박는다고 며느리한테 속 안 좋았던 것을

화투판에 그린다 번들거리는 똥광 틈새로 흔들리는 며

느리 눈동자

갑자기 엄니가 판을 엎는다 무슨 놈의 화투판에 저승이

나오느냐고

죽으라면 죽지 죽을 판에 죽지 않고 뭐하느냐고

저녁 잘 드시고 곡소리 나오겠구먼
꽉 찬 달이 안방을 들여다본다

보따리

대기실 의자 위 해진 보따리 놓여 있다
찬찬히 훑어보니

잦은 비로 들깨 조금 나왔다고 구시렁구시렁 들기름 한 병
팔월 뙤약볕에 고꾸라져 열병 앓은 고춧가루 봉다리
크림 맛이 좋아 산 삼립 빵 세 개
이 콩 저 콩 넣다 보니 천장 위에 쥐눈이콩 두 됫박
젖은 이파리 밟아 자빠져 여러 날 병원 신세 진 취나물
한 봉다리
구부러진 산등성이 뱀 밟아 벌러덩 고사리 두 두름
열하나 자식새끼 제금 내주고 주렁주렁 매단 호박고재
기 세 두름
깜박깜박 놓치는 정신줄 붙잡자고 줄줄이 꿰맨 곶감 봉
다리

향천리 버스 떠나는 줄 모르고
난로 옆에 졸고 있는 할매 한 분

울 엄니 보고 싶어서

절에 들어와 살면서 처음으로
산벚꽃 흐드러지게 핀 고갯길에 쭈그리고 앉아 울었다
무릎 포개고 두 손으로 번갈아 눈물 닦으며
털 뽑힌 장끼처럼 온 숲이 울리게
서른 넘어 고갯마루 걸치는 나이에 진땀 흘리며 울었다
그 소리에 시누대가
젖은 바람으로 누웠다 일어났다
하늘 보며 잠깐 숨 고르다가
구멍 난 양말 보고
무릎 해진 보살 옷 보고
멀찌감치 떨어져 앉은 개 보고 울었다
나물 캐러 가다가
고갯길에서 뿌리박힌 돌멩이에 걸려
넘어진 김에
내친김에,

눈사람

소 눈알 같은 눈이
논 가운데 서 있는 감나무에 쌓이고
이장님 댁 돼지우리 위에
귀퉁이 내려앉은 양철 지붕 위에
골골이 쌓이고
남의 집 일 끝내고 돌아오는 눈사람
어머니 머리 위에 쌓이고
빚쟁이 몰려와 숨은 아버지 찾아내라고
방바닥에 내동댕이치는 목소리 위에
빚쟁이 돌아간 자리
흩어진 신발 위에
울고 있는 막둥이
볼 위에 쌓이고
개 짖는 소리에
눈 뜬 새벽
창문 밖 뿌연 달빛 속으로
걸어간 자국이 하얗게 얼었다

봄밤의 손짓

앞자락 허옇게 적신 살구나무가
귀신으로 보인 적이 있었다
어릴 적, 철조망 건너
꽃만 흐드러졌던 나무
봄밤 그늘 속에서 살랑거리며 손짓하는
허연 손에 홀려 산을 돌아다녔다
달 아래 나무 사이를 헤집고 다니다가
엄니 손에 끌려 내려왔던 밤
살구나무 주인이
목매달아 죽은 그해부터
유난히 꽃이 많이 피었다

벚꽃 문신

아버지는 이십 년 넘게 목욕탕에 간 적이 없다
아들에게 등을 맡길 만도 한데
단 한 번도 내어준 적 없다
아버지의 젊은 날이
바큇자국으로 남아 있는 한
자식들에게 보여줄 수 없는 등
경운기와 사투를 벌이며
빨려 들어가는 옷자락을 얼마나 붙들었던가
논바닥에 경운기 대가리와 뒤집어졌을 때
콧구멍 벌렁거리며 밥 냄새에 까만 눈 반짝이던
삼 남매의 얼굴이 흙탕물에 뒹굴었으리라
바퀴가 등을 지나간 뒤
핏물 위에 가득했던 꽃
울지도 못하고 깨진 창문에 덧댄 비닐처럼
벌벌 떨었다
방문 틈으로 새어 나오는 앓는 소리를 들으며
개구리처럼 눈만 끔벅이다가

부엌 구석에 쪼그려 앉아 졸았다
경운기와 씨름한 샅바가 붉게 물들어
아버지 등에 감겼다, 병원에 가자고
등에 손을 얹은 어머니의 눈물
뒤집어지던 꽃잎 훌러덩훌러덩
등에 새겨졌다

제
2
부

흰나비

　殮을 하고 온 날은 목욕을 하고 이를 평소보다 오래 닦 았다 아내는 그런 그를 등지고 누웠다 그는 돌아누운 아 내의 등 뒤에 대고 가시는 분 삼베 끝 잘 매듭짓고 왔다고 끌고 온 달에게 이승의 손을 내밀었다 언제부터였는지 모른다 그가 불알동무부터 동네 어른까지 마지막 옷을 얼마나 입혔는지, 삼일장을 치르는 내내 나방 달라붙는 알전구로 흔들렸다 달구질 소리 가득 골짜기 횅하게 스 러진 상여 꽃 바람 귀가 순해지는 나이를 지나고서야 이 승에서 늘 상주였던 가슴에서 나비 한 마리 날려 보낼 수 있었다 골골이 바람을 안은 채 쭈글쭈글한 아내를 마주 볼 수 있었다

그놈

　정확히 어디서 내려왔다는겨? 저기, 외정 저수지 쪽이라는디 도로 한길을 다 덮고도 모자라 방등산 골짜기쯤되는 길이여, 에라이, 그리 큰놈이 어디 있어, 농을 치려면 제대로 치라고, 이 사람이 내가 여편네 젖보다 못한 막걸리 마시고 헐 소리 없어 그런 실없는 소리 허겄어 글씨, 굴뚝 연기처럼 스멀스멀 기어 나오는 걸 본 사람이 아무도 없었댜 도로 위를 덮친 그놈 때문에 이짝서 오던 차도 저짝서 오던 차도 딱, 멈춰 서서 그놈이 빨리 지나가기만 기다렸는디, 어디 그게 마음대로 되겄어 나도 봤는디 요물도 그런 요물 없었어 사람들은 노발대발 마당발로 차문턱 차고 나오고 난리도 그런 난리 없었지 그렇지, 강호동이 허리보다 더 굵고, 이장 집 헛간에 걸어둔 새끼줄보다 더 긴 이따만 한 누런 구렁이 한 마리가, 거시기, 아나…… 아나…… 거 있잖어, 시커먼 동네에 사는 아나, 아나콘다! 비스름한 거시기, 참나, 그렇게 큰 놈은 처음이었어 비늘 번뜩이는 게 예사 놈이 아니라께, 그놈 나와서 무너진겨, 집 안에 터줏대감 나오면 그 집 금방 무너지잖

34

어, 그런겨, 그놈 나오고 얼마 안 돼서 큰비로 외정 저수
지 무너졌잖어, 그 난리 통에 아무 소리 못 허고 여럿 갔
지만, 마셔…… 흠…… 크, 지랄 맞은 더위여 갈수록 더
더워지니,

겨울밤

개다리소반 위에 콩을 골라낸다
콩을 살짝 둥글렸을 때
바로 가는 놈은 소쿠리에 담아
농사지어보자고
마흔 다 된 시집 안 간 딸년과
콧물 훔치며 방구들 깔고 앉은 어미

첫사랑한테 시집 못 가게 해서
어깃장 놓느라 안 가는 거냐며
식은 죽 넘기듯 술술
콩알로 뱉어놓는다
콩알 둥글리는 묵묵부답이
지붕 위 눈덩이를
철퍼덕 놓아버렸다
갸릉갸릉 앓는 밭은기침 소리 가득
사는 게 버거워서 못 보낸 거지
어거지로 그런 게 아니라고

메주콩 속에 뒹구는 검은 콩 하나

올해 콩 농사 잘 지어보자더니
애저녁에 글렀다고 방 문짝 부서지게
닫고 나가는 딸년 뒷덜미
후두두 떨어지던
나. 쁜. 년.

복사꽃 징검다리

흔들바람에 안테나 돌아갔어도 지붕 위로 올라갈 늙은
사내 없는 집
　지나는 우체부 불러 세워, 안테나 수도 계량기 보게 하
는 일
　눈 침침해져가는 할매 그 참에 전기선도 놓치는 일 없다

　다닥다닥 붙은 시금치 캐 차곡차곡 봉다리에 넣고
　가져다가 안사람 주라며 복사꽃 눈으로 본다
　발 디디는 곳마다 징검다리, 돌절구 위 녹슨 솥뚜껑 그
림자 말라간다

　아이들 소리 저문 지 여러 해, 감나무와 늙어가는 그늘
만 구시렁거린다
　그래도 필 건 피고 질 건 진다고
　한 번 호미질에 뻐꾸기 울고 한 번 쟁기질에 복사꽃 진다

　철 따라 농사져 겨우내 병원비로, 유모차 끌고 신작로

가다가 차에 치여

　제소리 못 하고 황천길 간 앞집 성님 생각에 염소 고삐 잡아채며 메에, 운다

　까막까막 졸린 눈 비비며 들창 너머 복사꽃 진다

오줌통

우리 집 퇴비용 오줌통에는 남자들만 오줌을 눈다
가끔 다람쥐가 물고 가다 떨어트린
어린 상수리 열매와
날벌레의 파닥거림이 들어 있는 통
헌데, 이 통이 몇 주 동안 차서 넘치는 일 없이
늘 누런 선을 긋고 있다
하루에도 몇 번씩 들락거리는데도
다음 날 아침이면 그 자리다
새는가, 들여다보니
구멍은 난 곳 없고
속 모르는 산 꿩만 목쉬게 울고 가다
자빠진 언덕
나란히 걸어오는 온달이 미달이
며칠이 지나 빨래를 널다가
문득, 화장실 옆 통을 들여다보니
개 두 마리
스윽 나를 보고 지나간다

개 꽁무니 쫓아 바람도 슬슬 가고
머무는 발길 뚝, 끊겨 잠잠해진 밤 그늘 아래
아무도 모르게 들창문을 넘어 본다
서로 입가를 닦아주는
긴 애무가 오줌통을 사이에 두고
의식처럼 행해지고 있다

통박꽃

박 중에서
가장 가슴에 남는 박은
바가지로도 쓸 수 없고
죽도 뜰 수 없는
통박!
쪽박도 면박도
통박에 비하면 깨진 박 축에도 못 끼는데

마흔이 다 된 게
밥물도 맞출 줄 모르느냐고
고두밥도 모자라 쌀이 섧힌다고
국수는 오래 삶아야 속까지 익지
예산 국수 공장에서 금방 뽑아 왔느냐고
시금치나물은 살짝 익혀야지
흐물흐물해서 어디 씹히기나 하겠느냐고
소금은 순금으로 만들어
그리 귀해서 간이 싱겁느냐고

두릅은 나무둥치를 잘라서 했느냐고
씹으면 그나마 남은 이 다 부러지겠다고
금니 박아줄 수 있느냐고
그깟 글 나부랭이 써서
어느 세월에 똥구멍에 볕 들 날 있겠느냐고

고향 집에서 돌아오다 바라본
참말로 환장하게 환한 꽃!
박꽃!

불똥별

담배 태우다가

며느리가 사다 준 옷에 불똥 여러 군데 튀었다

숭숭한 구멍, 밤낮없이 들락거리는 바람이

속곳까지 스며든다

며느리 눈 속이며 둥글둥글 말아

장롱 깊숙이 찔러놨다

따끔, 자신의 가슴에 찔러놓은 것마냥

삐걱대는 문짝

목청 돋워 우는 새벽닭보다 먼저 눈떠 옷을 꺼낸다

팔십 줄 타니 뵈는 게 없다고

바늘구멍이 있기나 했었느냐고

구시렁거리며 깜박이는 형광등

찍찍, 어디 쥐 우는 소리 들리는가

스카치테이프를 떼어 숭숭 뚫린 곳에 붙인다

눈멀고 귀먹어

안타까운 담배 한 개비 태우다

어이쿠, 또 놓쳐버린 별

자신의 목숨 줄보다 먼저 떨어진 별

서리태 콩 까다가

추곡 수매 직후
작년보다 못하는 말끝, 전깃줄에
작년 겨울쯤에 끊어졌을
연줄을 눈으로 만지작거렸다

잦은 비로 낱알이 조보다 작다고
손끝으로 훑으니 바람만 잡혔단다
방앗간에 참새 떼 방문한 지
오래, 그 참에 기계가
드릉드릉 마른 소리를 낸다

대문 앞에 앉아
서리태 까다가
내년에는 어떻게 살 거냐고 묻자
엄니 콩 까듯 속 까며
"그냥 구시렁구시렁하며 사는 거지"

마른 콩대를 태우다가
뒤집어진 바람에
눈썹 홀라당 태워 먹은
빌어먹을 한낮

귀

텔레비전 소리가 잘 안 들린다는 말에
애꿎은 텔레비전 대가리를 몇 번 쳤다
그래도 잘 안 들린다기에
리모컨으로 꾹꾹 누르며
한때 유선방송사에 출근부 찍었던
기록을 화면에 늘였다 줄였다
내 귀엔 소리가
밭 매던 아주머니 일어나다 뒤로 넘어져
치마가 뒤집어졌는데
어이쿠, 소리에 홀딱 벗고 새가
홀딱 벗고 홀딱 벗고
농을 던지며 날아간다
주저앉은 아주머니 넘어진 김에 자리를 잡는다
산모롱이 둘러보다 속곳 내려
엉덩이 먼 산에 떡, 하니 걸쳐놓고
콸콸콸
깨진 무르팍에 침 바르는데

성주산 계곡물 소리
이리 시원할까, 웃다가 뒤돌아보니
예순다섯의 아버지
방 그늘에 웅크리고 앉아
귓속만 쑤신다

상강(霜降)

낼모레면 칠십 넘어 벼랑길인디
무슨 운전면허여 읍내 가는디 허가증이 필요헌가
당최 하지 말어 저승 코앞에 두고 빨리 가고 싶은감?
어째 할멈은 다른 할매들 안 하는 짓을 하고 그랴
워디 읍내에 서방 둔 것도 아니고 왜 말년에
개 풀 뜯어 먹는 소리여

오 개월 걸려 딴 운전면허증에
한 해 농사 품삯으로 산 중고차 끌고 읍내 나갔던 할매
후진하다 또랑에 빠진 차 붙들고
오매, 오매 소리에 초상 치르는 줄 알고 달려왔던 할배
그리 말 안 듣더니 일낼 줄 알았다고 고래고래 소리 지
르다가
풀린 다리 주저앉히고 다행이여, 다행이여
혼잣말에 까딱까딱 해 꺼진다

骨空

포장마차에 안주로 나온 참새
한입거리에 빠져나온 뼛속이 텅 비었다
탱자 가시 같은 다리로
허공을 뼛속까지 들인 엄니
굽은 등이 산허리에 걸렸다
탱자나무 울타리 사이로
시래기만 들락거린다고
사그락사그락 바람 소리 시린 콧잔등을 치고 간다
늘그막에 보험회사 가방 놓고 사나 했더니
허리 펼 때마다 삭정이로 부서진다
죽으면 새 될 거라고
스스로 뼛속을 비운 엄니
비워야 날 수 있다고
다랑이 밭을 걸어간다
발등까지 오른 보리순 젖히며
유모차 소리 삐걱삐걱
골다공증 주사 맞고 바삐 가는 중이다

환절기

여든네 살 할매가 방바닥에 엎드린 채
무언가를 줍는다
손톱으로 살짝 손바닥 위에 놓고
다시 엎드린다, 내 눈에 보이지 않는
방바닥에 벌레가 기어 다닌단다
한참을 엎드린 채로 있는 할매 옆에 앉아 바라보니
움켜쥔 손아귀에 한 줌의 공기뿐
안경 너머 방바닥에는
온통 주워야 할 것투성이다
더러운 방바닥에
기어 다니는 벌레가 가득하다
목소리 큰 아들이 신경질로 던진
말 한마디에
그 많던 벌레도
더러운 쓰레기도
사. 라. 졌. 다.
담배 한 대 물고 먼 산만 바라보던 할매

내 눈에는 보이는데 왜 자꾸 없다고 하는지
언 봄이 입술에서 파르르 떤다

호두

어머니의 정수리를 내리친 건
내가 아니다

밭머리에 앉아 호미로
가슴 바닥 긁어낼 때
화 덩어리 심으며
사카린보다 진한 진통제로 정수리를 친 건
어머니 자신이다

보험회사원으로 자신의 생명을 보장받지 못했던 걸
진통제로 생명보험 보장을 받았다
웃어도 울어도 가만히 있어도 먹어야 하는
어머니는 진통제다

아버지 손바닥 위에서
자식들 손바닥 위에서
뼈마디 부서지며 뒹굴고

호두 속 사십 년이 얼키설키

정수리를 내리치니

쭈글쭈글한 껍데기뿐

절은 진통제로 속이 훤한, 오늘도

진통제가 내 목구멍으로 넘어간다

가루눈

저녁상 물리자마자 약 봉지 들고 나와 물 앞에 앉은 할매
삼십 분 뒤에 먹어야지 약이 밥이냐고
아들 면박에 입에 넣어야 할지 말아야 할지 잠시 고민
하는데
봉지 슬쩍 밀쳐놓고 담배 한 대 들고 맨발로 밖에 나가
자 뒤에 대고

밖에 돌아다니는 고라니도 얼어 죽었다는데
어쩨 엄니는 한여름이여, 양말은 팔아드셨나
그리고 담배가 뭐가 좋다고 그리 피워대
기침이 떨어질 새가 없잖어

듣는 둥 마는 둥 담배 한 대 물고 와서
약 탁, 털어 목구멍에 넣다가
사레 걸려 얼굴 벌겋게 기침한 할매
깜짝 놀라 달려와 등 두드리는 아들
약포지에 남은 가루약이 폴폴 날리는 밤이다

막걸리

동네 어르신 모내기에
참으로 나온 막걸리 주전자를 바라보다가
슬쩍, 눈 모르게 한 사발 들이켰다
까치 한 마리 스윽
눈 밖으로 날아가 전봇대 위에 앉아
꽁지를 터는데
논둑길로 돌아오다가
발 꼬여 논바닥에 고꾸라졌다
술 못하는 꼴을
자빠지며 보여줬으니
누가 볼세라 냅다 뛰다가
또 자빠졌다
뒷덜미에서
킥킥대며 웃는 소리
바투로 달라붙는다
"그리 뛰면 또 자빠질 텐데"

대설(大雪)

콩대 태우다가 담벼락에 오줌 누고

쇠스랑 들어 아주까리 마른 호박 줄기 긁어모은다

콩 농사 지어봤자 쭉정이만 거둬들였다고

된 입김 퍽퍽 뿜어대며 빈 밭에 불만 지른다

집 안에서 속 긁어대던 마누라

밖까지 따라 나와 밭 귀퉁이마냥 긁어댄다

마누라 뒷덜미에 주먹쑥떡 한 방 날려주고

고시랑고시랑 잘도 날리는 풋눈 속

지나는 개새끼 붙잡아놓고

논산평야 까마귀 떼 내 속에 내려앉았는데

함 들여다보라고, 깐 옷 속

쭉정이 한 됫박 쏟아져 나왔더라는 말씀

제
3
부

푸른 엄살

전기세 아낀다고 새벽 감나무 그늘 친 뒷간에 나섰다가
쌓아놓은 장작더미에 눈두덩이 찢어진 할매
읍내 사는 아들네 달려와보니
다친 눈은 어디 없고 허리를 움직일 수 없다고
장작개비 누운 듯 빳빳하다
방바닥에 드러누운 할매 둘러업고
불러 온 모범택시 타고 달리는데
에구구, 소리에 물오리들이
청라 저수지 내치며 우우우, 새벽을 건드린다
종합병원 응급실 떠나가게 소리 지르며
꿰맨 자리로 앉은 푸른 엄살
전기세 몇 푼이나 된다고 그러고 다니느냐는
아들 면박에 점점 커지는
이 빠진 앓는 소리
댓잎을 쓰는 싸라기눈이
쌓아둔 장작더미 속으로 스러진다

장마

수령산 이마를 에둘러 오십여 가구 사는 마을에
장정 대여섯이 한 달 사이를 두고 죽어 나갔다
교통사고 추락사 심장마비로
꺼림칙한 일이 한 집 걸러 일어나니
촌장에 이장 반장이 들쑤신 결과
군 발전을 위해 골프장을
수령산 머리에 올리기로 했다는 것
족두리도 아니고 골프장이라니
머리에 농약 뿌리면 제정신이겠느냐고
미친년 꽃 꽂고 시부렁 고갯길 넘어가겠다고
신령님 노해서 장딴지 굵은 사내만 잡아갔단다
울 밖에 깃발 꽂고 노인네 굴착기 앞으로 엎어졌다 뒤
로 자빠졌다
뒤란에 대나무가 서걱서걱 심란하다
용병인지 깡패인지 들이닥친 날
촌장이 삽자루에 머리 맞고 들것에 실려 나갔다가
그대로 꽃상여 탔는데 엎치락뒤치락 드잡이하며

촌장 관 앞세우고 군청 앞에 가다가
경찰서에 잡혀갔다
들일해서 번 돈이 몇 푼이라고
벌금 몇 백씩 가지고 끄덕끄덕 관 흔들며
씨벌씨벌 돌아온다
수령산 꽃 피고 새 우는 중이다
철커덕철커덕 굴착기 돌아가는 중이다

11월

장대 끝을 돌려야 감이 따지지 반대로 돌려서 언제 따!

내일까지 딸껴? 자 아배, 이리 줘봐

밥 세끼 먹고 아궁이에 불만 처넣었지 뭐 하나 제대로

하는 게 있어

어째 그리 심이 읎어 그 밥심 뒀다가 어데다 쓸껴!

할매 잔소리에 장대 내동댕이친 할배

내가 왜 심이 읎어 읎긴 지랄 맞은 할망구

화통을 삶아 묵었나 목청이 자래* 질거리** 넘어 북망

산까지 가겠구먼

할멈은 좋겠어 호미대학 쇠스랑과 나와서

산고랑에 밭 일궈 먹으니 맛나겠구먼

할배 맞장구에 장대 내동댕이친 할매

부엌으로 들어가 나오지 않고

먼 산 보고 담배 태우다가 불똥 떨어져

홀라당 구멍 난 앞섶 쓱쓱 문지르는 할배

도랑에 떨어진 감만 뻘겋게 성질나 있다

---

* '저 아래'를 뜻하는 충청도 방언.
** '길거리'를 뜻하는 충청도 방언.

입동(立冬)

시든 국화만 설렁설렁하는 고랑 가까이

죽어가는 개 한 마리와

할매 끌어안고 사는 할배

풍 걸린 할매 데리고 죽으러 들어갔던 저수지가 깡, 말

랐다

쩍쩍, 갈라지는 게 어디 저수지뿐인가

욕창 난 할매 엉덩이 닦아줄 때마다

풀풀 날리는 똥 가루가 누렇다

벌어진 틈틈이 앉은 피딱지

껴안고 뒹굴던 날을 꼽아봐도 보이지 않는

거시기를 닦는다

그 속에서 새끼 셋 뽑았지만

지금은 서로 눈길만 피하고

땡감 씹은 얼굴로 대문 연 지 오래다

질질, 질긴 목숨 줄처럼 끊어지지 않고

떨어지는 진물 흥건하다

문지방 너머 힘겹게 눈만 감았다 뜨는 개가 멀뚱거리고

두 목숨이 저승 문턱을 두고 앞서라 뒤서라 한다
허물 한 겹씩 벗겨질 때마다
문풍지 앓는 소리
달리다가 미끄러진 다람쥐만이
마당을 쥐었다 편다

처마 불알

처마 밑에 말벌이 집을 지었다
주름으로 앉은 것이
딱, 불알이다
화장실 다녀올 때마다
온달이 다리 벌리고 누운 채
흔들어대는 불알처럼
보면 커지는 집
부끄러움도 달랑거리며
바람처럼 지나가고
수십 마리의 애벌레들이
꿈틀꿈틀
내 몸을 보고 하루에 한 번씩
팽팽해지는 저 불알이
후끈하다

동무

도둑맞으려면 개도 안 짖는다더니
저년은 고기를 먹여놔도 소용없다고
옆에서 감자 캐는데 손드는 걸 몰랐으니
품 판 돈 개 줬단다
먼지 묻은 몸뻬를 수건으로 툭툭 치며
세숫대야에 던진 호미
고랑에 손 드는 걸 보면
자래도 힘들긴 힘든 모양이라고
밥숟가락이
목구멍으로 들어가는지
똥구멍으로 들어가는지 모르게
자식새끼 얼굴이
엎어놓은 항아리 위로 포개진다
구멍 뚫린 붉은 함지박 속에서
빼꼼이 실눈으로 할매 보다가
바닥에 고개 묻고 코 고는
늙은 개 한 마리

꽃밭

서울 아들네 집에 간 할머니 방에서
비닐봉지에 꽁꽁 동여맨
속옷을 찾는다
누런 장롱을 열고 옷걸이를 들추자
보따리 여러 개가 놓여 있다

빨간 보자기에는 한 번도 입지 않은 옷이
수의처럼 개켜 있다
노란 보자기에는 담배가 열 보루
누런 명주 손수건에는 라이터가 열 개
파란 보자기에는 자식 혼인 있을 때마다 해 온 한복 여
러 벌

당신이 좋아하는 것들만
당신이 좋아하는 색으로
묶어놓은 보따리
갈 길이 멀지 않았음을 느끼는 듯

장롱 속에 꽃밭을 가꾸고 있다

해바라기

빗물 받아놓은 양동이에
쥐 한 마리 허우적거린다
쥐를 보자 깽깽대며 짖는 개
오줌까지 지린다
건져내려고 뜰채를 들자
엄니가 그냥 두란다
일 년 곡식 잘도 갉아먹어
그리 속을 썩이더니
비누까지 갉아먹던 주둥이 붉은
고얀 놈인지 년인지
하여튼 맞다고 건져내지 말라고
재차 말에 탑을 쌓는다
찍찍, 비누 거품으로 올라오는 소리
한참을 들여다보다가 잠시 광에 다녀오던 중
뜰채로 쥐를 건져 멀리 가 놓아준 엄니
툭툭, 묻은 물기를 털며
늘어진 젖통이 보니까 그게 아니더라고

너도 시집가 애새끼 나보면
알 거라고, 해 가는 곳으로
고개를 갸우뚱 돌리는

종이비행기

내 집은 보령이다
날마다 집으로 뻗은 장항선을 바라보는 게 일이었다
뜨끈하게 달궈진 철길을 바라보면
기차가 지나간 자리마다 배꽃이 가득했다
집을 떠나왔을 때는 몰랐다
저릿한 느낌이 배꽃의 진한 향기보다 못하다는 것을
콕콕, 까치의 부리 자국이 깊게 파여 바닥에 떨어져도
단물은 씨방에서 싹을 키운다는 것을
수로를 끼고 있는 잡풀 가득한 과수원에서
깊은 발자국을 덮은 구름만이
웅덩이 속으로 흘러갔다

동지(冬至)

스님 세 분이 수도꼭지를 고치려고
세 시간째 갈잎처럼 수런거린다
창밖은 앞산도 보이지 않게 눈이 내리고
바람이 새처럼 지나갔다
기술자 없이 스님 세 분은
물세례를 받으며
금 간 파이프의 새는 소리로
흔들리고 있다
메워논 우물 밑구멍에서 에돌아
감기는 물을
딸꾹딸꾹 받아 마시는 감나무
뒤뜰에 묻어논 호스 찢어진 줄 모르고
애꿎은 꼭지만 붙잡고 있다
먹물 짙은 산어귀
얼어버린 물이
수도꼭지 안에서
노심초사로 머물고 있다

담양행 버스

담양행 버스를 탄 순창이 고향인 딸이
여든한 살 어머니를 두고
내내 좌불안석이다
쪽진 머리에 앉은 나비 핀이 반짝이는
어머니는 내내
딸이 잘 탔는지 버스 안을 들여다본다
분홍 꽃무늬 블라우스로
딸이 손짓하고
환갑을 넘긴 딸은 눈가 주름 같은 안타까움으로
딸을 보내는 어머니는 손 주름 같은 안쓰러움으로
허리춤에서 돈을 꺼낸 어머니
하드 두 개 사 들고 버스에 타고
분홍 꽃무늬 블라우스 속에서
꽃으로 핀다
'아가, 잘 가라'
담양행 버스 안
나비 한 마리

꽃에 날아간다

늙어간다는 것

앞니가 빠지고 등이 굽은

외정 마을에 사는 최 씨 할아버지

손등은 감나무 껍질 벗겨진 듯 꺼칠하다

고집은 쇠스랑에 걸어두어도 좋을 듯한데

쉰내 나는 오토바이 한 대

동무 삼아 산 지가 손꼽아도

손가락이 모자라다

어디 탈탈거리며 늙어가는 일이 쉬운가

앞집 권 노인 농약 하다 쓰러져

콩밭으로 가 다시 돌아오지 못하자

끌끌거리던 경운기마저 주저앉았다

자전거로 달리던 삽자루에 핀

녹 푸른 나팔꽃

함께 늙어간다는 것은

무르팍 해진 자리에

헝겊을 덧대 서로 덮어주는 일

환삼덩굴이 제 손바닥 안에 별을 들여앉히는 일

권 노인 보내고
쭈그려 앉아 대문 밖만 바라보다가
수숫대 모가지에 달라붙는
새 떼만 쫓는 하루
번호판 왼쪽 찌그러진 삶처럼
그래도 탈탈거리며 가는 논둑길
쭈글쭈글 달라붙는 대추나무 길

달

한밤중
자귀나무 밑 벌거벗은 고모가
냇물로 냉큼 들지 못하고
손안에 물을 착착 등으로 받아 넘기더니
온몸을 떨며
하얀 꽃잎 같은 엉덩이를
살짝 들쳐 올린다
물결 층층으로 젖내를 뿌린 쥐오줌풀 꽃이
하얗게 피어난다

복사꽃

여자가 죽은 집 뜰에 핀
문신 같은 꽃
창문 안으로 들어오는 햇살을 본다

저것! 분홍빛 저것!

엉킨 바람이 꽃 모가지를 건드리며 간다
남자가 여자를 보낸 뒤에 핀
복사꽃 그늘, 상여 간 길이
꽃길이라고
담 너머
눈길 끝
복사꽃 환하게 진다

당뇨발*

썩은 가지 쳐내다가 끝을 유심히 들여다본다
움틀 것 같은 오물거리는 주둥아리 한껏 벌리고
햇살 들여앉히는 나무

그림자 깊은 곳으로 마음 기우는
서늘한 폐허의 궁전은 언제나 그늘만 짙었다
굵은 밑동 구름의 나이테는 햇살을 접어
안에 가둬버렸다 우지끈 몸 틀던 세월은 쭈그러진
끝물 사과가 되어 웅덩이 속으로 떨어지고
가지를 잘라내다가 얼마 전 우듬지까지 물 돌았을
푸른 겨울을 만났다

과수원 밭머리에 앉아 있는 아버지
털신이 모신 발가락에 감각 없어진 지 오래
뚝, 뚝 부러지던 가지들

----

* 당뇨의 합병증으로 발가락이 썩어 들어가는 병.

소한(小寒)

　얼음이 운다 찬찬히 댓돌 위에 귀 갖다 대니 털신 속 날선 고드름도 운다 개갈 안 나는 눈보라에 광 옆 작달막하게 지어놓은 비닐하우스 주저앉았다 두 달 전 다녀간 아들이 푸성귀나 먹어보라고 만들어논 것이 시원찮았던 것이다 쥐눈이콩나물 대가리 몇 개 떠다니는 멀건 국물에 밥 말아 먹다가 저 아래 저수지 쩍쩍, 우는 소리에 김치 쭉쭉 찢어 숟갈에 얹었다 어디 울지 않는 나날이 있을까 고랑 드문드문 오르는 군불 연기에 눈물 흘려보지 않은 늙은이 어디 있을까 기둥에 새끼줄로 걸린 세월 아궁이에 집어넣는다 퍽퍽, 속울음 마른 지 오래다 군불 때고 들어앉은 엉덩이 밑에 손 넣고 텔레비전 보다가 저수지 우는 소리에 괜스레 벽에 걸려 있는 새끼들 사진에 눈을 둔다

독거

알밤을 놓는 순간
밤송이는 하얀 방을 드러냈다
외로움을 어둠으로 들여놓은 밤송이는
실눈을 뜨는 순간
그 속을 들락거리던 햇빛이
하얗게 스러졌다
내가 미처 손을 댈 수 없었던
그의 방도 꼭 저랬다
내가 빠져나왔던 자리
캄캄, 아무것도 볼 수 없었던 곳
말라버린 가죽을 두드리면
둥둥, 내 안을 울릴 것 같은 그는
날마다 방에 갇혀
늙어갔다

제
4
부

살구꽃 목탁 소리

살구나무로 만든 목탁을 두드릴 때마다
살구꽃이 툭, 툭 터졌다
마디마다 쟁여놓은 염불들이
나이테를 뚫고 피어올랐다
어느 곳을 두드려도 피는 살구꽃처럼
석모도 앞바다 점점 섬들은
작아질 수 없는
그늘을 만들었다
그와 헤어지고 온 날부터
내 몸은 두드려도 꽃이 피지 않았다

영목항

짐을 싼다, 한철 장사 끝내고 포장을 접는 횟집 리어카를
붉게 감싸는 알전구 밑 소라가 두리함지박 가득
서로가 서로에게 엉켜 塔을 쌓고 있다
하나라도 먼저 바다로 가려는 듯
툭, 떨어진다
뿔 하나가 깨졌다 누가 볼세라 달리는 소라 한 마리
툭, 또 하나 떨어졌다
달리는 속도보다 더 빨리 두리함지박에 집어넣는 손
다시 塔을 쌓는다 툭, 툭, 툭
바다 결을 차고 잘 건너왔다고 섬 그늘을 지붕 삼아 살
았다
손이 들어와 내 옆구리를 찔렀을 때
해당화 곱게 타던 섬을 두고
손을 거쳐 포장마차 그늘을 지붕으로 삼았다
뿔이 부서지고 파도의 결을 읽을 수 없어졌을 때
한 마리씩 사라지고
껍데기만 바다로 가고

툭, 툭, 툭
몸에 뿔이 부서지고
모래 위에 앉아 있는 나를 두고 껍데기는
섬으로 간다
모래를 씹고 가는 바다는 멀다

염소에게 사랑을 묻다

집을 떠나면서 나는 늘 집을 떠나지 못했다
십 년 만에 돌아온 집은
낯선 대문에 녹이 감잎으로 번득거렸다
내 발자국을 누르는 집 그늘
마흔 다 된 내게
사랑을 묻는다

사랑, 절간 종탑 뒤에 숨은 돌배 꽃으로 두드리다가
길에서 돌멩이로 뒹굴었다
그리고 고향 집에 돌아온 지 삼 년
내 사랑은 늘 진행 중이라고
놓지 못하고 어쩔 수 없이
그늘을 등지고 가는 한 삶을 보낸다
가지지도 못하고 놓지도 못하는
바들거리는 갈잎에 바람은 쉬지 않을 뿐이다

어느 날, 문득 스러져버릴

그대 앞에서 다시 한 번 파르르 떨다가
멀뚱거리며 목줄을 조일 것이다
바람에 흔들리는 말뚝 옆 똥이 가득하다

겨울 항구

안면도 끝 실밥처럼 나부끼는 영목 너머

옷고름으로 풀어진 대천항, 바람을 끌고 가는 파도는

그녀가 놓고 간 젖 내음

옷깃을 여밀수록 서늘한 영목 너머

풀어진 단춧구멍으로 바람을 밀어 넣는 대천항을 바라
본다

갈매기 소리, 빚쟁이에 쫓겨 변소에 쭈그리고 앉아 울던

그 소리, 발을 절며 더디게 오는 어머니

복사뼈처럼 튀어나온 섬 끝

부리 굽은 그녀의 입술 가장자리 버캐가 하얗다

이삿짐 보따리 놓고 골목길 끝에서 쭈그리고 앉아 듣던
쩔뚝이던 발소리

어깨 위로 눈이 쌓이고

눈보라 속에 쭈그리고 앉은 갈매기

겨울이 툭, 건드리면 쓰러져버릴 항구에서

눈보라로 날고 있는 어머니

그늘이 내 안을 들여다본다

통발 부표 철썩대는 바다를 두고
깍짓손 꼭 잡은 게 마지막이었다
향일암 절벽에 부딪혀 깨진 햇살이
동백꽃에 걸려 엎어진 바다
똑딱선 붉게 가르며 간다
둘러봐도 바람벽
깨진 그늘이 내 안을 들여다본다
사랑은 늘 처음이어야 하는 것
옷자락 펄럭이지 않는 그림자 속을
내내 서성이다가 돌아섰다
서늘한 절벽의 이마에 기대
어쩌지 못했다
그대가 내 바람벽이었던 것을

섬이 된 새

거제도 저구마을 옆 선착장 시멘트 바닥에
찍힌 새 발자국

방향이 흔들린 곳으로 허공이 나 있다

중간에 툭, 끊긴 흔적을 놓고 날아가
어느 바다 곁에 섬이 되었을까

시멘트 바닥 위, 발자국을 포개고 서 있다
내 몸 안에 약도를 펼쳐놓고
바람을 타는 새

발자국은 섬이 된 새를 찾을 수 있는
나침반, 한 방향을 향해 있었다

콩 꽃 우표

논길 한가운데 오토바이를 세워두고
배달 상자 안에서 엽서를 꺼내
거시기만 가린 채
집배원이 똥을 눈다
논둑 위로 날아가는
제비 한 마리
개구리 울음소리에 맞춰
끙끙, 힘도 줘보다가
무장무장 피어오르는 개망초 꽃대를
힘 있게 잡아본다
하늘 향해 토악질하는 개망초 꽃
불알을 쓸고 가는 바람
부끄러움에 고개를 돌리자
논두렁 위
두꺼비 한 마리 마주 보고 앉아 있다
구린내 가득 싣고
콩잎 같은 엽서 한 장

콩 꽃 우표 달고
너에게 달려간다

자장면

그대와 헤어지고 걸었던 정읍역
터진 가슴 단풍나무에 걸어놓고
세워둔 자전거 헛바퀴 돌 듯
구석에 쭈그리고 앉아 울었다
전선 위, 우두커니 하늘바라기 하는
비둘기 날아와 쿡, 쿡
흐트러진 물웅덩이 속으로
들어간 그대, 그림자만 흔들렸다
자전거 바퀴살에
갈라지는 햇살을
울먹이는 손으로 자르다가 바라본
수타 자장면
퉁퉁 부은 가로등 밝히며
울고 있는 자장면을 먹었다
이별하고 함께할 수 없을 것 같았던 배고픔이
뚝뚝, 불빛으로 흔들렸다
그대와 걸었던 발자국이 번져

단풍잎으로 남은 곳에서

유선방송은 성인물이 없다

　같은 건물에 동원다방과 동원여관을 거쳐 삼 층 유선방송으로 출근한다 온몸에 안테나를 바짝 세우고 다방 하이힐이 방송실 문을 지나 화장실 가는 소리를 듣는다 하루에 한두 번 정도 가끔 껌 씹는 소리에 장단을 맞춘다 동원다방 앞 파출소 사람들이 아침저녁으로 유리창 앞을 지나는 나를 본다는 걸 알고 있다 파출소 앞 목련 꽃 수군거림이 봄을 간질거릴 때마다 흐릿한 기침 소리가 내 뒷덜미를 잡아챈다 옷 입은 꼬락서니로 보면 동원다방 부엌에서 커피 잔이나 닦는 두 칸씩 오르내려야 할 것 같은 계단을 한 칸씩 오르내릴 때마다 넘어질 듯하면서도 넘어지지 않는다…… 야간 근무라도 하면 화끈한 동원여관 사람들이 눈빛 네온사인을 수신기로 쏘아댄다 뚝뚝, 19세 이상 유선방송은 성인물이 없다

　감기 걸린 내게 애인이 약을 사 들고 동원다방 앞에 왔다가 눈짓으로 여관을 올려다볼 때 하이힐은 내 옆을 웃으며 지나간다 쟁반 위 커피 잔이 하이힐의 엉덩이처럼 실룩댄다 애인이 자꾸 여관을 올려다본다 계단 위로 올

라가는 뒷덜미 파출소 기침 소리에 목련 꽃 빛 치마 훌러
덩 뒤집어진 어느 봄날에

色

살 냄새가 난다, 고
두륜산을 오르던 애인이
내 목덜미에 코를 댄다
순간, 바위에 앉아 숨 고르던
바람이
엉덩이를 들썩이며
동백꽃을 건드린다
내 몸이 놀라 저 멀리 달아난다
애인은 허공을 쥔
내 손을 붙잡고
오르는 내내
살 냄새가 나, 살 냄새가 나
떨어지는 햇살처럼
가슴 아래서 부서졌다
젖꼭지가 맹감처럼
빨개지는 초겨울
산중

연꽃 날리다

얼레를 돌리자 연잎이 흔들린다
줄을 당기자 구름이 출렁인다
팽팽하게 잡아당기는
긴장이 손끝에 머문다
사랑이라며 내 사랑을 주둥이로 물었던 그대
다 갉아먹힌 뒤에야 내 안에
毒이 있었음을 알았다
찰랑거리는 바람이 숨을 멈추고
더 높이 연꽃이 올라간다
그대의 캄캄절벽 위에서
연꽃 날린다

선인장

그녀가 역에 앉아 있다 눈동자는 빛을 잃은 지 오래 입
가에 늘 웃음이 길다 벚꽃 날리는 기차역에 앉아 있을 때
는 배가 불룩했다 어디서 몸을 푼 건지 역을 옮긴 후에는
바람이 헐렁하다 그녀를 본 지 이십 년, 내내 기차역에 앉
아 있다 그녀를 버리고 간 엄마를 기다리는 것 그 마지막
흔적을 붙잡고 엄마가 버리고 간 기차역에서 아기 엄마
가 되어 이제는 엄마를 이해할 수 있다고 역에 앉아 텔레
비전 전파를 흡수하고 있다 그녀의 배가 몇 해 걸러 두 번
불렀다 어느 놈의 눈빛이 왔다 갔는지 그녀의 눈동자는
빛이 없다 엄마가 되었어도 엄마는 오지 않는다 선인장
꽃이 두 번 폈다

당집

단풍잎같이 흔들리는 붉은 깃대
말기 암의 젊은 여자가
설익은 밤처럼 웅크리며
기도하다 간 곳
이승 끝자락을 달래는 징 소리가
산길에 떨어진 밤송이처럼
까맣게 늙었다
여자가 가고, 그 뒤로 몇 명이
이승에서 저승으로 간
산길
떨어진 밤을 줍다가
당집에서 들리는 징 소리
어느 누가 이승의 끈을 잡고
저리도 슬퍼 우는 것일까, 켜켜이 쌓인
사연 위로 꽹과리 채
산등을 치고 간다

하지(夏至)

눈 밝은 탓이라면, 탓!

새벽별이 채 눈 감지도 않은
발자국 없는 시간
뒷간에 가다가 하마터면 밟을 뻔했다
능구렁이 아가리에 반쯤 들어간 두꺼비
한 발자국 떨어진 곳에 앉아 바라본다
발버둥도 없이 천천히, 아주
천, 천, 히
막대기로 툭, 툭 따리를 건드린다
딱딱하다

그의 주둥이에 제대로 물려
들어갔을 때, 꼼짝할 수 없었던 시간
떨림의 순식간이 먹혀
숨조차 쉬기 어려웠다

온종일 꼼짝하지 않는 능구렁이
제 몸에 毒이
구석구석 퍼져
온전히 두꺼비가 된다

그는 곧, 내 안에서 죽을 것이다

뒤꼍에 쌓아둔 장작더미 위
돌고 있는 황조롱이 한 마리

하늘을 날고 싶은 빨래집게

팔을 벌린다고 벌린 것이
입술만 앙, 다물었다
그것도 겁나지 않는다고
이빨 다치면 안 된다며
팬티며 수건까지 물었다
그런데 바지랑대에 기대고
팔을 올린 게 여러 달인데
날지 못하고 있다
뇌성마비를 앓고 있는 선명이
슬쩍 눈치만 보다 날아가는
잠자리만 하염없이 바라본다
두 팔을 허우적거려도
날 수 없는 내 동생

나비

머위를 잘라
바구니에 담자

세 살 된 조카 서현이가 다가와
양손에 하나씩 쥔다

'나비야, 나비야'

머위 잎이 팔랑거리며
꽃잔디에 앉는다

해설 · 시인의 말

늙은 고향의 이야기

박정선 문학평론가

1

대학에서 현대시를 가르치면서 매번 확인하는 사실은 학생들이 시를 무척 어려워한다는 것이다. 특히 과격한 상상력과 해체적 문법으로 무장한 시인들의 시를 읽히면서 시의 의미나 시를 읽은 소감을 물어보면, 거개가 당혹스러운 표정을 지으며 침묵하기 일쑤다. 사실 시가 독자 대중에게 어려운 것은 어제오늘 일이 아니다. 난해성은 시 장르의 본질이기 때문이다. 즉 시는 말을 아낌으로써 말하는 장르이며, 본래의 전언을 다른 말로 변환하여 전하는 장르이기 때문이다. 이 응축과 치환의 법칙은 시를 시답게 하는 원리이지만, 바로 그 때문에 시 읽기는 난경에 봉착한다. 압축된 말을 풀어야 하고, 가시적인 말 이면에 감추어진 본래의 말을 찾아야 한다. 그러니 언어 감각이 둔감하거나 시 독법이 서툰 이에게 시는 좀처럼 문을 열어주지 않는다. 거기다가 시인들은, 특히나 새로이 등장한 시인들은 새로운 감각과 문법을 '실험적'으로 추구함으로써 기존 시와의 차별성을 확보하려

한다. 시인에게 그것은 일종의 숙명 같은 것이리라. 시인은 늘 새로운 문법을 추구하지만, 그것은 이내 진부해짐으로써 시인을 절망케 한다. 절망한 시인은 또 숙명적으로 새로운 문법을 추구할 수밖에 없다. 장르 고유의 규범이라는 기본적 요인에다가 미적 혁신이라는 창작적 숙명이 중첩됨으로써 현대시는 일반 독자에게는 물론이고 전문 독자에게도 난수표와 같은 것이 되어가고 있다.

절망과 혁신의 순환적 인과라는 미궁에 빠진 현대시의 상황에 비추어볼 때, 박경희 시인의 『벚꽃 문신』은 색다르다. 무엇보다 독자를 당혹스럽게 하지 않는다. 물론 모든 시가 기본적으로 언어적 실험의 산물이듯이 박경희 시인의 시도 부단한 모색과 실험의 산물임은 분명하다. 그렇긴 하되 어렵지 않다. 대상을 혼란하게 비틀거나 구문을 과격하게 파괴하지 않았기 때문이다. 시의 체형은 단아하고 언어는 담백하다. 다가가는 독자에게 고압적으로 굴지 않고, 자연스럽게 곁을 내준다. 또한 『벚꽃 문신』은 재미있고 감동적이다. 그 재미와 감동은 시가 내장하고 있는 서사 자체의 진정성에서, 그리고 서사적 사건을 포착하고 풀어내는 시인의 눈썰미와 말솜씨에서 연원한다. 시집 첫머리에 놓인 「말복」 한 편만 보더라도 그 점을 쉽게 알 수 있다. 이 시는 "옻 잘 타는 아부지"가 "옻 안 타는 엄니" 때문에 옻이 올라 고생한 이야기를 간결하면서도 해학적으로 서술한 작품이다. 시인이 천연덕스럽게 풀어놓은 가족 서사의 한 토막을 통해 우리는 시 읽기의 재미를 맛본다. 그와 함께 "말도 못 하고 쥐 죽은 듯 몸 사리며 가끔 아부지 빤스에 손 집어넣고 원하는 곳 시원하게 긁어줬다는 엄니"의 사연은 독자의 가슴속에 잔잔한 파문을 일으킨다. 어렵기만 하고, 재미도 감동도 없는 시가 넘쳐나는 이 시대에 박경희 시인의 시는 그래서 특별하다.

따라서 우리는 『벚꽃 문신』을 통해 교감적 이야기꾼 시인이 우리와 함께 호흡하고 있다는 사실을 확인한다. 실제로 시집을 살펴보면, 사랑을 소재로 한 몇 편의 서정시를 제외한 대부분의 작품이 시인의 고향 마을에서 살아가는 농민들의 다양한 이야기들을 품고 있다. 시인은 가족 간의 소소한 다툼이나 가슴 아픈 가족사를 들추어내다가, 어느새 늙음의 비애와 홀로 남은 노년의 신산스러움을 읊조린다. 또 농촌공동체의 현재를 고발하다가, 어느새 가족애 내지 육친애를 주제로 한 감동적인 이야기를 펼쳐놓기도 한다. '늙은 고향'은 시인의 따뜻한 시선과 맛깔난 언어를 통해 되살아난다. 이 이야기꾼 시인의 고향 이야기를 듣고 있노라면, 슬며시 웃음이 나기도 하고 때론 가슴이 아리기도 한다. 시인의 이야기보따리 속으로 들어가보자.

2

『벚꽃 문신』의 세계는 신화적 사건이 일어나고, 전근대적 믿음 체계가 유지되며, 인간과 자연이 공존하는 농촌공동체다. 박경희 시인은 유년 시절에 "앞자락 허옇게 적신 살구나무가/귀신으로 보인 적이 있었다"(「봄밤의 손짓」)라고 고백한다. 시인은 그 허깨비에 홀려 봄밤에 산을 헤맸고, 살구나무 주인이 죽은 그해부터 유난히 꽃이 많이 피었다고 기억한다. 이러한 초자연적인 현상이 일어나는 세계에서는 초과학적 신념이 삶을 규율하는 정신적 원리로 작용한다. 그래서 시집 속의 화자는 산불을 낼 뻔한 후에 흉몽을 꾸었으니 아무것도 하지 말라는 아내의 말을 듣지 않았던 것을 후회하고(「꿈땜」), 집에 불이 난 것이나 송아지가 트럭에 치여 죽은 것이 뒤숭숭한 꿈 때문이라고 해

석하며(「꿈」), 집의 터줏대감인 구렁이가 도로에 돌아다닌 탓에 집과
저수지가 무너지고 여러 사람이 갑자기 세상을 떠났다고 믿는다(「그
놈」). 다음의 시는 그러한 믿음과 관련된 일화를 익살스럽게 풀어낸
작품이다.

> 딱, 하나 알 수 있는 것은 진창구네가 입은 속곳인데, 그 넓이와 깊
> 이가 오대양 육대주 정도는 될 것이고, 모든 고뿔이 그리로 들어가 다
> 시는 안 나온다는데, 얼마나 거시기가 좋으면 안 나올까, 뿌얀 진창구
> 네 풀섶에서 이리 살랑 저리 살랑……

> 댓바람에 콧물 흘리며 재채기하는 순간, 어머니 하시는 말씀
> 물아래 진창구네 속곳 속으로 쑥 들어가라!
> 응?

_「진창구네」 부분

시인은 "진창구네"가 누구인지, 그 집 살림살이가 어떠한지 도무
지 알 수 없음을 긴 사설조로 나열한 다음, 딱 하나 알 수 있는 것은
진창구네의 속곳이 넓고 깊어 모든 고뿔이 그리로 들어가 다시는 안
나온다는 것이라고 말한다. 물론 이는 어머니로 표상되는 민중이 오
랫동안 믿어온 비과학적 지식의 일단이다. 시인의 "응?"이란 물음은
그에 대한 합리주의적 인식 체계가 보이는 부정적 반응일 것이다. 그
러나 어머니가 근거하고 있는 전근대적 패러다임은 민중이 오랜 역사
를 거쳐오면서 삶의 갈피갈피에서 맞닥뜨리는 문제들을 극복할 수 있
게 하는 정신적 힘이 되어주었다는 점에서 그 나름의 긍정성이 있다.
또한 '미신'으로 폄하되는 이 같은 패러다임은 신화적 세계관에

116

근거를 둔 시적 사고의 원형이다. 따라서 박경희 시인의 '고향'은 서정적 포에지가 인간과 자연, 인간과 초자연 사이를 관류하는 시적 공간이다. 이 공간 속에서 인간은 세계와 공존의 관계를 형성한다. 이 공존은 자연에 신성을 부여하는 방식으로 이루어진다. 가령 산은 "신령님"(「장마」)이 사는 곳이므로 함부로 훼손하지 말고 받들며 살아야 하는 곳이 된다. 자연에 신성을 부여하는 것은 자연의 힘에 대한 인간의 공포에서 비롯된 것이지만, 다른 한편으로는 세계와 조화를 이루며 살아가려는 삶의 태도에서도 비롯된 것이다. 그러므로 전통적이고, 민중적인 패러다임은 단지 비합리적인 이데올로기에 불과한 것이 아니라 자연의 힘을 거스르지 않으면서 그와 공존할 수 있는 방법을 모색해온 과정에서 만들어진 생태학적 신념 체계라고 할 수 있다.

　그러나 이 신화적인 세계는 철저히 현실적인 세계이기도 하다. 「장마」는 권력에 의해 신화적 공동체가 파괴되는 과정을 보여주는 작품이다. "군 발전을 위해" 산꼭대기에 골프장을 짓는 탓에 "신령님이 노해서" 장정 대여섯이 갑자기 죽어 나간다. 마을 사람들은 그에 저항하나 권력의 잔혹함 앞에 속수무책으로 당한다. 그 와중에 촌장이 사망하는 사건이 발생하고, 그들은 촌장의 관을 앞세우고 군청으로 항의를 가나 결국 "벌금 몇 백씩 가지고 끄덕끄덕 관 흔들며/씨벌씨벌" 하며 돌아온다. 권력이 개발이라는 미명하에 농민들의 삶의 터전을 강제로 파괴한 것이 우리의 근대화 과정이었다. 이 시는 지금도 버젓이 자행되고 있는 개발독재식 자연 파괴를, 그 음험한 욕망이 야기한 농촌의 비극을 담담하게 고발하고 있다.

　　　콩대 태우다가 담벼락에 오줌 누고
　　　쇠스랑 들어 아주까리 마른 호박 줄기 긁어모은다

콩 농사 지어봤자 쭉정이만 거둬들였다고

된 입김 퍽퍽 뿜어대며 빈 밭에 불만 지른다

집 안에서 속 긁어대던 마누라

밖까지 따라 나와 밭 귀탱이마냥 긁어댄다

마누라 뒷덜미에 주먹쑥떡 한 방 날려주고

고시랑고시랑 잘도 날리는 풋눈 속

지나는 개새끼 붙잡아놓고

논산평야 까마귀 떼 내 속에 내려앉았는데

함 들여다보라고, 깐 옷 속

쭉정이 한 됫박 쏟아져 나왔더라는 말씀

_「대설(大雪)」 전문

삶의 터전이 파괴되는 것과 마치 짝을 이루듯이 농촌적 삶은 늘
고통스럽다. 오랜 경제적 소외와 흉년은 농민의 삶에 고통의 그늘을
드리운다. 「대설」은 그 같은 삶의 구조에 대한 명징한 예증이다. 애써
콩 농사를 지었지만, 쭉정이만 거둬들인 탓에 화자의 속은 논산평야
에 내려앉은 까마귀 떼처럼 시커멓게 타들어간다. 그런 상황에서 "지
나는 개새끼"를 붙들고 하소연하는 장면은 한편으로 우스꽝스러우면
서도 다른 한편으로는 진한 페이소스를 느끼게 한다.

신화적이고 낭만적인 이미지를 걷어내면, 농촌공동체의 실상은
이처럼 참혹하기 그지없다. 박경희 시인의 시에는 그러한 농촌의 리
얼리티가 생생히 살아 있다. 시인은 '늙음'을 키워드로 하여 그것을
포착한다. 늙음의 비애를 주제로 한 시는 시집 도처에서 발견할 수
있다. 어머니는 "허공을 뼛속까지 들인"(「骨空」) 골다공증으로 고생하
고, 아버지는 점점 더 "눈멀고 귀먹어"(「불똥별」)가고 있으며, "여든네

살의 할매"(「환절기」)는 눈이 어두워 서럽다. 평생 땅과 노동에 매인
육체는 그만큼 빨리 늙는 법이다. 그런데 그것만이 다가 아니다. 노년
의 삶은 가족이나 지인들과의 이별, 소외와 고독감으로 인해 더욱 신
산스럽다. "함께 늙어간다는 것은/무르팍 해진 자리에/헝겊 덧대 서
로 덮어주는 일"(「늙어간다는 것」)이지만, 그들에겐 그렇게 할 사람이
없다. "아이들 소리 저문 지 여러 해"(「복사꽃 징검다리」)고, 홀로 밥을
먹고 밤을 맞이하는 나날이 계속된다. 그러므로 "어디 울지 않는 나
날이 있을까 고랑 드문드문 오르는 군불 연기에 눈물 흘려보지 않은
늙은이 어데 있을까"(「소한(小寒)」)라는 자탄이 절로 나옴을 어찌할 수
가 없다. 육체가 늙고 병들며 소외와 고독이 깊어질 때, 삶의 선택은
극단으로 치닫기도 한다. 다음 시를 보자.

> 죽어가는 개 한 마리와
>
> 할매 끌어안고 사는 할배
>
> 풍 걸린 할매 데리고 죽으러 들어갔던 저수지가 깡, 말랐다
>
> 쩍쩍, 갈리지는 게 어디 저수지뿐인가
>
> 욕창 난 할매 엉덩이 닦아줄 때마다
>
> 풀풀 날리는 똥 가루가 누렇다
>
> 벌어진 틈틈이 앉은 피딱지
>
> 껴안고 뒹굴던 날을 꼽아봐도 보이지 않는
>
> 거시기를 닦는다
>
> 그 속에서 새끼 셋 뽑았지만
>
> 지금은 서로 눈길만 피하고
>
> 땡감 씹은 얼굴로 대문 연 지 오래다
>
> 질질, 질긴 목숨 줄처럼 끊어지지 않고

떨어지는 진물 홍건하다

_「입동」 부분

이 시는 우리 시대 농촌 노인들이 처한 현실의 한 단면을 적나라하게 보여준다. "죽어가는 개"와 "풍 걸린 할매"를 "끌어안고 사는 할배"는 삶의 무게가 너무 무거워 할매와 저수지에 빠져 죽으려 한다. 그런데 "저수지가 깡, 말랐다". 비극적 아이러니다. 그러니 할배는 마른 저수지처럼 속이 쩍쩍 갈라져도 할매를 데리고 돌아와 "질긴 목숨줄"을 이어갈 수밖에 없다. "새끼 셋"이지만, 그들은 노부부의 곁에 없다. 이 가슴 아픈 이야기는 어찌 보면 하나의 특수한 경우라고 볼수도 있으나, 곰곰이 생각해보면 우리 시대의 노인들이 처한 보편적 상황을 예리하게 드러내는 일화다.

이러한 상황에서 노년의 농촌적 삶은 어떤 방식으로 유지되는가. 「서리태 콩 까다가」에서 시인은 흉년이 들어 작황이 좋지 않음을 들어 어머니에게 "내년에는 어떻게 살 거냐고" 짐짓 따지듯이 묻는다. 그에 대한 어머니의 대답은 "그냥 구시렁구시렁하며 사는 거지"다. 이 심드렁한 대답은 신산스러운 삶의 연륜으로부터 얻은 고통스러운 지혜의 소산이다. 이 같은 '내핍'이야말로 민중이 고통스러운 현실에서 취할 수 있는 보편적인 삶의 태도일 것이다. 그리고 거기에는 가족의 존재가 삶을 이어갈 수 있게 해주는 동력으로 작용한다. 다음의 시는 죽음의 문턱까지 갔던 아버지가 자식에 대한 생각으로 초인적인 힘을 발휘하여 살아난 이야기를 담은 것으로서 독자에게 두고두고 기억될 만한 가편이다.

아버지는 이십 년 넘게 목욕탕에 간 적이 없다

아들에게 등을 맡길 만도 한데
단 한 번도 내어준 적 없다
아버지의 젊은 날이
바큇자국으로 남아 있는 한
자식들에게 보여줄 수 없는 등
경운기와 사투를 벌이며
빨려 들어가는 옷자락을 얼마나 붙들었던가
논바닥에 경운기 대가리와 뒤집어졌을 때
콧구멍 벌렁거리며 밥 냄새에 까만 눈 반짝이던
삼 남매의 얼굴이 흙탕물에 뒹굴었으리라
바퀴가 등을 지나간 뒤
핏물 위에 가득했던 꽃

_「벚꽃 문신」 부분

　　시인의 아버지는 논일을 하다 경운기에 옷자락이 빨려 들어가는
아찔한 사고를 당한다. 경운기와 사투를 벌이던 아버지를 구원한 것은
"콧구멍 벌렁거리며 밥 냄새에 까만 눈 반짝이던/삼 남매의 얼굴"이
다. 그래도 사고의 흔적은 아버지의 육신에 깊이 남아 있는데, 그것이
"바퀴가 등을 지나간" 자국이다. 아버지는 그런 젊은 날의 상처를 자
식에게 보여주고 싶어 하지 않는다. 자신의 상처 때문에 자식이 가슴
아파하는 모습을 보고 싶지 않은 것이다. 그것이 세상 모든 아비들의
자존심이다. 시인이 차분한 어조로 들려주는 아버지의 애잔한 사연은
오래 남을 감동을 선사한다. 그리고 그 상처에 "벚꽃"의 이미지를 덧
씌워주는 시인의 따뜻한 상상력 또한 정서적 울림을 전해준다.
　　'늙은 고향'은 가족의 이산으로 앓고 있지만, 그래도 어쨌든 고통

스러운 삶을 이어갈 수 있게 해주는 힘은 이처럼 가족으로부터 나온다. 시집에 수록된 많은 시들이 가족을 모티프로 한 가족 서사인데, 이것은 우연한 현상이 아니다. 시인은 의식적으로든 무의식적으로든 가족이 삶의 동력이라는 점을 느끼고 있는 것 같다. 이러한 시인의 시에 등장하는 가족들은 서로 빈번히 싸우지만, 속 깊은 애정의 동아줄로 단단히 결속되어 있다. 아버지와 딸은 농사 문제로 다투고(「건달농부」), 어머니와 딸은 결혼 문제로 갈등하며(「겨울밤」), 노부부는 감 따는 사소한 일로 부부싸움을 한다(「11월」). 그래도 딸은 당뇨로 발가락이 썩어가는 아버지를 깊이 걱정하고(「당뇨발」), 빚쟁이에게 쫓기던 어머니를 연민하고(「겨울 항구」), 할배는 초보 운전인 탓에 사고를 낸 아내에게 소리를 지르다가도 쏜살같이 달려가 "다행이여"를 되뇌며(「상강(霜降)」), 아들은 약 먹는 일로 어머니에게 면박을 주다가 어머니가 사레들리자 "깜짝 놀라 달려와 등 두드"린다(「가루눈」).

이와 연관하여 눈여겨볼 만한 또 한 편의 작품이 「담양행 버스」다. 이 시는 "여든한 살 어머니"와 "환갑을 넘긴 딸"의 애절한 작별 장면을 묘사한 것으로서 육친애가 만들어내는 지극한 감동으로 독자의 가슴을 울린다. 이 같은 시는 대상을 포착하는 예리한 눈과 대상에 대한 따뜻한 마음씨, 서사를 시적으로 풀어나가는 입담이 없으면 나올 수 없다. 그 점에서 이 시는 박경희 시인이 지닌 예술적 천품이 잘 발휘된 작품이 아닐까 싶다. 시의 일부를 다시 음미해보자.

> 담양행 버스를 탄 순창이 고향인 딸이
> 여든한 살 어머니를 두고
> 내내 좌불안석이다
> 쪽진 머리에 앉은 나비 핀이 반짝이는

어머니는 내내
딸이 잘 탔는지 버스 안을 들여다본다
분홍 꽃무늬 블라우스로
딸이 손짓하고
환갑을 넘긴 딸은 눈가 주름 같은 안타까움으로
딸을 보내는 어머니는 손 주름 같은 안쓰러움으로
허리춤에서 돈을 꺼낸 어머니
하드 두 개 사 들고 버스에 타고
분홍 꽃무늬 블라우스 속에서
꽃으로 핀다

_「담양행 버스」 부분

3

시인이 특정한 공간을 시적 배경으로 삼는 데에는 그 나름의 이유가 있을 것이다. 우선 그곳이 자신의 현실적 삶의 거처이기 때문일수 있고, 어떤 특별한 의도가 있기 때문일 수도 있다. 혹은 간절한 그리움 때문일 수도 있다. 고향을 떠났던 시인은 "날마다 집으로 뻗은 장항선을 바라보는 게 일"(「종이비행기」)이었다고 고백한다. 이 도저한향수병이 시인으로 하여금 고향으로 회귀하게 하고, 고향에 대한 시를 쓰게 했을 것이다. 시인에게 고향은 온통 늙음으로 가득한 곳이지만, 가족이 있고 숱한 추억이 서려 있는 곳이다. 소소한 다툼이 끊이질 않고 신산스러운 삶이 연명되는 곳이지만, 인간적 교감과 정서적유대가 아직은 남아 있는 곳이다.

『벚꽃 문신』에는 그런 고향에 대한 시인의 곡진한 마음과 따뜻한 애정이 스며든 시편들이 오롯이 담겨 있다. 가족에서 시작되는 시인의 시선은 동심원을 그리면서 고향의 사람들과 사물들과 자연으로 퍼져나간다. 그리고 시인의 시선에 포착된 고향의 이야기들은 시인의 정갈한 언어와 구수한 입담을 통해 재현된다. 이채롭게도 시인은 고향인 충남 보령의 입말을 살린 담화 방식을 즐겨 활용하고 있는데, 이로 인해 시는 현장감과 리얼리티를 획득한다. 시집 도처에 충청도 말의 유장함과 부드러움, 따뜻함이 농민 화자의 육성으로 생생히 표현되어 있다. 토착어에 뿌리를 둔 시적 담화 방식은 우리 현대시사에서 오랜 연원을 지닌 것이고, 1970~80년대 민중시 진영에서 민중성 확보의 차원에서 시도했던 것이다. 박경희 시인의 시는 그런 시사적 전통을 잇는 소중한 사례다.

박경희 시인이 주목하는 농촌공동체는 자본주의 문명이 타자화한 공간, 자본주의적 근대화의 폐해를 온몸으로 감당해온 소외된 공간이다. 그러나 그곳은 자본주의의 냉혹성을 극복할 정신적 가치들이 아직은 남아 있는 세계, 우리가 자멸의 위기를 극복하기 위해 겸허한 자세로 배워야 할 세계다. 농촌공동체야말로 우리가 근대에 대한 발본적 반성을 토대로 새로이 구상해야 할 사회의 모델이 될 수 있는 '오래된 미래'이기 때문이다. 그러나 지금 그 세계는 점점 더 파괴되고 있고, 그곳에서의 삶은 갈수록 곤궁해지고 있다. 『벚꽃 문신』은 바로 그러한 세계에 대한 시적 증언이다. 이것이 이 시집이 지닌 미덕이자 시대적 의의일 것이다. 따라서 우리는 이 시집을 통해 리얼리즘 시학의 현재적 유효성과 가능성을 가늠해볼 수 있다.

마지막으로 시집에 수록된 「통박꽃」과 관련하여 한마디 첨언하고 글을 마무리하고자 한다. 이 시에서 시인은 고향집에 갔다가 부엌일을 못한다고 어머니에게 꾸지람을 듣고, 끝내 "그깟 글 나부랭이 써서/어느 세월에 똥구멍에 볕 들 날 있겠느냐고" 타박을 받는다. 귀경길에 오른 시인은 "참말로 환장하게 환한 꽃!/박꽃!"에 매혹된다. 어머니의 장광설적인 타박을 읽는 것도 재미있거니와 박꽃에 대한 묘사도 직정적인 맛이 있다. 그런데 그보다 주목되는 점은 무용한 통박을 영글게 하는 박꽃이 묘하게도 '무용한' 시를 쓰는 시인과 겹쳐 보인다는 것이다. 무엇이든 화폐로 환산될 수 있어야만 가치를 인정받는 시대에 교환가치의 측면에서 볼 때, 시는 아무런 쓸모가 없다. 그것을 쓰는 시인 역시 마찬가지다. 그러나 그 쓸모없음이야말로 이 시대에 시의, 시인의 가치를 입증하는 역설적 존재 방식이 아닐까? 그런 의미에서 박경희 시인이 앞으로도 계속 무용한 시를 써주기를, 쓸모없는 시가 얼마나 가치 있는 것인가를 보여주기를, 그 때문에 "똥구멍에 볕 들 날"이 없더라도 소외받고 고통받는 '늙은 고향'에 직핍한 이야기꾼 시인으로서 우리 곁에 든든히 있어주기를 바란다.

오지 않은 겨울, 그 만남에 대해

산이 하얗게 주저앉았다
장끼가 물고 가다 떨어트린 함박눈이
푸드덕, 마당으로 날렸다
아부지가 놓아버린 이승의 밤이었다
푸드덕, 날아든 장끼 소리에
툭, 아부지가 산으로 갔다

겨울, 그 머지않은 시간 속으로 간다
장끼의 울음 속에서 눈이 날릴 것이다

아부지, 엄니께 늘 겨울이었던 시린 가슴이

기둥과 서까래, 지붕을 얹어 지은 집 한 채를 올린다
당신이라는 토방에 신발 올린 지 오래된 새끼가

2012년 보령에서 문득, 박경희

실천시선 202

벚꽃 문신

2012년 9월 26일 1판 1쇄 펴냄
2015년 5월 22일 1판 3쇄 펴냄

지은이　　　박경희
펴낸이　　　김남일
편집　　　　이호석, 박성아, 이승한
디자인　　　김현주
관리 · 영업　김태일, 박윤혜

펴낸곳　　　(주)실천문학
등록　　　　10-1221호(1995.10.26.)
주소　　　　서울특별시 마포구 월드컵로10길 48 501호(서교동, 동궁빌딩)
전화　　　　322-2161~5
팩스　　　　322-2166
홈페이지　　www.silcheon.com

ⓒ 박경희, 2012

ISBN 978-89-392-2202-1 03810

이 책은 한국도서관협회가 선정한 우수문학도서로
기획재정부복권위원회의 복권기금을 지원받아 무료로 제공합니다.
(참조 : www.for-munhak.or.kr)